우리가 키스할 때 눈을 감는 건
고명재 시집

문학동네시인선 184 고명재

**우리가 키스할 때 눈을 감는 건**

## 시인의 말

어느 여름날, 나를 키우던 아픈 사람이
앞머리를 쓸어주며 이렇게 말했다.

온 세상이 멸하고 다 무너져내려도
풀 한 포기 서 있으면 있는 거란다.

있는 거란다. 사랑과 마음과 진리의 열차가
변치 않고 그대로 있는 거란다.

2022년 12월
고명재

# 차례

## 2부 귤을 밟고 사랑이 칸칸이 불 밝히도록

# 1부

사랑은 육상처럼 앞지르는 운동이 아닌데

## 청진

　연의 아름다움은 바람도 얼레도 꽁수도 아니고 높은 것에
연결되어 있다는 느낌 나를 배고 엄마는 클래식만 들었다
지금도 소나타가 들리면 나의 왼손가락은 이슬을 털고 비둘
기로 솟아오른다 나는 반쯤 자유 반쯤 미래 절반은 새엄마
내가 행복해야 당신의 흑발이 자라난다고 거대한 유칼립투
스 아래에 누워 잘 지내고 있다고 전화를 건다 사랑은? 사랑
은 옆에 잠들었어요 연인의 두툼한 뱃살에 귀를 얹은 채 행
복의 시냇물 흐르는 소리를 들으며 이곳이 눈부시다고 말한
다 그때, 혼자 떨고 있었던 거지 병원 앞에서 내 이름을 불
렀던 거지 이상해 배꼽 주변이 자꾸 가렵고 고압선을 보면
힘껏 당기고 싶고 꿈속에선 늙은 범이 돌담을 넘다가 늘어
진 젖이 쏠려서 차게 울어요 연인은 깊은 하늘로 녹아들었
고 엄마는 말없이 듣고만 있고 통화감은 철새처럼 높이 떠
올라 곡물처럼 끊기는 목소리, 내가 이곳에서 새 삶을 사는
동안 엄마는 암을 숨기고 식당 일을 했고 나는 밝은 새소리
로 이곳의 풍경을 노래하면서 남반구의 하늘에 대해 말했다

# 수육

　늙은 엄마는 찜통 속에 삼겹살을 넣고 월계수 잎을 골고
루 흩뿌려둔다 저녁이 오면 찜통을 열고 들여다본다 다 됐
네 칼을 닦고 도마를 펼치고 김이 나는 고기를 조용히 쥔다
색을 다 뺀 무지개를 툭툭 썰어서 간장에 찍은 뒤 씹어 삼
킨다 죽은 사람에 관해서는 입을 다물 것, 입속에서 일곱 색
이 번들거린다

# 환

## 1.

사랑은 볕 안에서 되살아난다 그래서 뿌리식물은 뱃속을 데우는 것이다 나는 달래 더덕 인삼 췌장을 캐며 머리칼을 우지직 뜯던 사람을 알고 캄캄한 CT 사진을 들여다보면서 우리는 말없이 흙과 돌을 씹어 삼켰다 콧속에서 도라지 뿌리가 튀어나왔다

## 2.

흰 살 생선, 이런 건 잘
못 먹겠다
아침볕은 빈방까지 두루 밝히고

## 3.

잘 말린 대추의 표면엔 물결이 있다 저물녘에 손을 잡고 강에 뿌렸다 부드럽게 일그러지는 강의 사람들, 장례를 마치고 대문을 미는데 마당이 불탔다 돗자리 위에 지장을 빼곡히 찍어두었다

## 4.

가장 가는 손가락으로 고리를 걸고
가장 굵은 손가락으로 지문을 섞고

5.

늙은 사람의 손은 정말 효험이 있다 배가 돌고 장이 녹고
귓불이 퍼지고 이 힘으로 만두를 빚곤 하던 때

6.

대추차를 마실 땐 꾹꾹 씹어야 한다
그래야 눈귀코로 밝은 빛이 쏟아져나온다

7.

엄마에게 전화가 왔다 급하다고, 다짜고짜 가게에 쓸 재
료를 부르기 시작했다 멸치 마늘 양파 홍합 갈치 순두부 갑
자기 꽃을 하나 사달라 했다

8.

꽃을 사서 엄마 손에 쥐여주었다

9.

해바라기유를 잘못 알아들었다

10.

보고 싶다고 중얼대며 깨를 뿌린다 깨를 뿌리면 물질은 금
세 음식이 된다 이 작은 게 가벼운 게 콕콕 박힌 게 으질으
질 씹자 빛의 맛이 번지고

11.

브라질 친구와 나란히 걷고 있는데 갑자기 친구가 길에서 펑펑 울었다 왜 그래 이거 봐 너무 환하다 개나리야 나도 알아 개나리라는 말 그런데 이거 우리나라 국기 색이야

## 아름과 다름을 쓰다

　죽은 씨앗에 물을 붓고 기다리는 거야 나무가 다시 자라
길 기도하는 거야 소네트 같은 거 부모 같은 거 고려가요처
럼 사라진 채로 입속에서 향기로운 거

　열매는 한여름 빛의 기억이라서 태울수록 커피는 반짝거
리고 그 기억을 마셨으니 잠들 수 없지 불에 덴 것들은 최선
을 다한다 불꽃, 파프리카는 탈수록 달달해진대 불꽃, 유기
견은 눈동자가 필름 같더라 불꽃, 우리가 계속 찾아다닌 건
불에서 꽃을 건진 그 눈이다

　이름하여 타버릴 이름 같은 것 이름이 리듬을 입고 믿음
을 열고 아름과 다름을 쓰다 쓸쓸하더래 그 어깨의 흰빛이
아름답더래 세상을 다 태워도 꿈은 타지 않는다 새장을 열
면 하늘이 가능성으로 열리듯 케냐

　AA를 좋아합니다
　설산을 그대로 받아쓴 것 같아서

　아프리카에도 눈 덮인 산이 있다고 집이 타도 그 집의 골
격이 있다고 너는 불이니 꽃이니 죽고 싶을 때마다 끝 모
를 숲을 홀로 걸었다 너는 숲이다 낮인데 밤이다 물불과 술
이다 서슴지 않고 어디서든 자유를 찾는 것 사람들은 그것
을 리듬이라고 한다 빛을 먹고 푸르게 타는 걸 식물이라고

## 왜 이 집에 왔니

아주 흰 개 꿈을 꿨습니다 눈보라 속을 뛰고 있었어요 발
이 다 젖었는데 몸에서는 김이 피어오르고 개는 너무 작았
어요 광활한 눈밭에 비해, 그래도 개는 달렸습니다 사랑하
는 사람을 만나러 꿈 전체가 흔들려도 하나는 확신할 수 있
어요 멀리서 보면 눈과 다를 바 없던 뜨겁고 작은 몸, 시야
를 가리는 그 지독한 눈보라 속에서 유일하게 흔들리지 않
는 것이었습니다

눈을 뜨자마자 달렸다 사랑을 풀어주려면
목줄을 풀 듯 밖으로 나가서 달려야 했다

좋아하는 사람의 개가 죽었다 왜 이 집에 왔니 하얗게 헐
떡거린다 개들은 몸을 벗고 코끝을 밝혀서 주인을 가장 사
랑하는 사람에게로 온다고 하던데 잘못 온 거야 온도계 끝
까지 혀를 밀어도 어쩔 수 없다 몸이 통째로 다리가 된대도
갈 수 없어 문 두드리지 마 이번 눈보라는 너무 지독해 자꾸
헐떡이는 숨소리로 내 귀를 핥지 마 나는 빙어를 산 채로 씹
지도 못해 손발은 작살 끝처럼 싸늘해서 귀를 막고 커튼을
내린다 흰 개가 짖는다 그러다 문에 몸을 부딪치기 시작한
다 쾅쾅 소리와 목 찢는 소리가 집을 흔든다 시계를 본다 커
튼 사이로 창밖을 본다 흰 개떼가 흰 개의 목소리를 듣고 언
덕에서 달려오고 있다 사박사박 개들이 눈 밟는 소리는 아
름답다 눈 위를 달리는 몸 자체가 해방 같다 눈이 안 보이

는 내가 이걸 모조리 봤다면 이젠 문을 열고 대전 아니 평
양이라도 발이 터지도록 너를 향해 달려야 할 때가 온 거다

## 우리가 키스할 때 눈을 감는 건

개와 눈과 아이는 같은 성분으로 이루어져 있다
순전히 날뛰는 힘을 갖고 싶어서
눈 녹인 물을 내 안에 넣고 싶었다
차갑고 뻑뻑한 팔을 주무르면서
떠난 개들의 눈 쌓인 그릇을 치울 수 있다면

소의 농포를 환부에 슬쩍 바르고
키스하고
이민자와 손을 잡고
감자에 뿔이 자라는 소리를 들으며
설편처럼 사랑해 사랑해 속삭인다면

모든 목줄이 훌라후프로 커다래지겠지
죽은 개들이 혀를 빼물고 냇물이 달리고
쫑긋쫑긋 산맥이 서서 목덜미 터지고 흙속에서 더덕이 다
리를 뻗을 때
네 어둠 속의 육상을 보고 있다
짓무른 뒷목에 손을 얹은 채
차가운 감자를 갈아서 눈처럼 바른다
네 캄캄한 방문에 입을 맞춘다

그리고 나는, 함부로 더 이상해져야지
꽃술을 만지던 손끝으로

배꼽을 파면서
입이나 귀에서 백합이 마구 피면 좋겠다!
철조망 사이로 약속을 걸고 지문을 뒤섞어
민증이나 국경 따윌 꽃처럼 웃으며

발 없는 말로 말 없는 귀로 뿔 없는 소로
개화전선(開花前線)은 탄산처럼 북으로 넘치고
나는 자꾸 눈썹이 새처럼 날아갈까봐
무거운 장화를 신고 너와 입을 맞춘다

가장 투명한 부위로 시가 되는 것
우리가 키스할 때 눈을 감는 건
미래가 빛나서
눈 밟는 소리에 개들은 심장이 커지고
그건 낯선 이가 오고 있는 간격이니까
대문은 집의 입술, 벨을 누를 때
세계는 온다 날갯짓을 대신하여

## 포드 이후

　이제 녹슨 엔진을 조용히 내려놓고서 친구는 압축기 속으로 들어갑니다 생명이 생명을 잇는 거니까 마음껏 덜어가도 괜찮아 사람의 장기를 무슨 찌개 속 두부처럼 말해서 화도 나고 눈도 매워졌지만 새파란 희망의 줄기를 꺼내고 있으니 입을 다물고 편지를 써줄 수밖에, 비둘기 다리에 간과 씨앗을 질끈 묶고서 가까운 녹십자에 파를 뿌리고 우리는 잠든 친구의 얼굴을 쓰다듬다가 이대로 모든 것을 잊을 겁니다

　속을 다 파낸 가슴에 귀를 얹은 채
　구공탄이 허물어지는 골목처럼

　우릴 걷게 하는 다리 속의 힘은 뭘까요 풀을 뜯고 고기를 씹고 기도하면서 손톱을 쿵쿵 찧던 실린더 소리는, 이제 폐광 속에 버려진 석탄처럼 닫힌 채로 홀로 빛을 발할 겁니다 하나의 시대가 닫히고 새것이 불타고 젊은 연통을 우리는 싹 다 비운 채 귓속에서 가끔 파나 뽑아낼까요 텅 빈 친구의 가슴에 얼굴을 묻고 제세동기처럼 마지막 시동을 걸어봅니다

## 너를 태우고 녀석이 불을 핥으려 한다

네가 땅을 디디며 신나게 달려나가자 내 눈은 황톳길처럼
붉어진다 산에 오니 너는 꽤 즐거워 보인다 여기 살래? 나
비는 죄다 여기 모였네 슬플 때 승들은 저걸 그린대 단청이
눈에 푸르게 박히고 나는 단청을 그리는 승의 등을 상상해
본다 능선이 멀리서 뒤척거린다 나의 개가 순간 조용해진다

기르던 개가 화장(火葬)을 이해 못할 때
아직 불속에 네가 있는 줄 알 때

너를 태우고 녀석이 불을 핥으려 한다 아직 칼을 핥진 않
아서 다행이라고 그리움이 심한 날엔 강변에 간다 두 시간
쯤 녀석은 강을 핥다가 입이 헐어 내 곁에 가로눕는다 나는
지친 개의 머리를 쓰다듬는다 개들은 세상이 흑백으로 보인
다던데 탄광 속에서 너는 우리를 빛처럼 봤구나 단청을 그
려도 이제는 저녁만 보겠네 개의 눈 속에 강물은 반짝거리
고 칼춤을 추는 마음을 알 것도 같고 그렇게 개와 나와 승들
은 저마다 뭘 좀 잊어보려고 함부로 눈이 다 타버렸네

# 뜸

한의사는 골똘히 손목을 짚더니 안개꽃이 한 다발 보인다
했다 차갑고 외로운 식물이에요 눈 내린 대나무 숲처럼 고
요하지요 명재씨는 속이 차요 뜸을 좀 뜹시다 뱃가죽 위로
쑥이 타고 매캐해질 때 나는 죽은 사람을 순하게 생각하고
있었다 졸업식마다 안개꽃을 들고 온 사람, 가장 많은 수의
꽃송이를 주고 싶었어 가족을 불리고 아침을 차리고 붐비
게 살아 그래서 지금 나를 버리는 거라고 했다 그때부터 콧
구멍엔 안개가 피고 눈 속에서 백내장이 흐드러지고 그래
도 이건 진실이야 사랑해서, 우리는 박하를 짓이겨 배꼽에
밀어넣었어 그럼 언젠가는 네 머리에서 박하향이 날 거라고
우린 실패했고 집은 조용하지만, 쑥이 다 탔을 때쯤 눈이 내
린다 배가 돌고 손이 녹고 아이가 부풀고 내가 바란 것은 꽃
도 향도 아니었는데

# 선

   첫눈은 기상청의 정의를 따르는 것 같지만 각각의 눈에서
시작되는 것 한 내시는 새벽에 홀로 궁을 걷다가 단풍 사이
로 내리는 걸 분명히 봤다고 중요한 건 첫눈이 소식을 만든
다는 것 눈 오네 팔월에 나는 너에게 썼다 사랑은 육상처럼
앞지르는 운동이 아닌데

   맨가슴으로 가장 먼저 선을 넘는 것
   우리 모두의 안쪽엔 망아지가 있어서

   일으키는 방법은 간단하다 흰 선만 밟고 횡단보도를 건너
가면 돼 한 칸만 벌려도 자유가 트인다 가랑이 사이로 사랑
이 호쾌해지고 입만 열면 산사태가 쏟아지는 거지 병실 문
을 열고 죽어가는 네게로 첫눈을 뭉쳐 겨드랑이에 집어넣
을 때

   궁은 캄캄하고 닭이 눈을 쪼면서
   고요한 가을에 가을이 중단되는 꿈

   가장 이른 첫눈을 눈에 담으며 내시는 품에서 도라지를
꺼냈다 흙을 뚫고 입과 코가 트일 때까지 흰 다리를 빼곡
하게 씹어 삼키며 면포를 펼치고 손끝으로 시를 썼다고 그
리고 그는 궁을 넘어 다친 다리로 단풍나무 숲 속의 산소
로 갔다고

## 시와 입술

당신 셔츠의 소매가 곱게 사각거릴 때
어쩌면 우리는 튀김일지도 모른다는 생각
명재씨, 부르는데 입을 맞출 뻔
번들거리는 입술로 순간 환해져버릴 뻔

눈귀코로 사랑이 바글대고 있는데
솟고 싶다 헤엄치고 싶다 비 맞고 싶어
기름은 씨를 꾹꾹 짜낸 빛이라서요

좋은 튀김은 아침볕과 색이 같다고
늙은 조리사는 손등을 보여주었다
안이 다 비치지요?
여름옷처럼
얇은 튀김옷으로 우린 갈아입고서

그렇게 커튼을 손목과 강을
시와 입술을
반투명하게 읽고 반쯤 사랑해버리고

자꾸만 솟는 사랑의 은유를 젓가락으로 누르며
우리는 온갖 기름진 말을 나누는 것인데

참기름: 한국에선 가장 참된 것

모든 요리의 마무리로 금박을 입히죠
카놀라유: 유채 꽃씨를 힘껏 짜낸 것
꽃이 될 뻔했던 씨의 땀이었다니
그래서 호박이 이렇게 밝고 고소한가요

올리브유: 올리버올리버올리버올리버
당신의 이름을 연거푸 말하면 여름이 불타고
해바라기유: 맥주를 따르며 웃는 걸 본다
개기름: 눈길만으로 불이 붙을 때

입술이 옴짝달싹 기름을 바르고 리듬을 입고 마음을 업
고 무릎은 꿇고
미강유: 아름다움에 대해 강하게 말하자
쌀눈유처럼 사랑의 눈을 번쩍 뜬 채로
몰라유: 전라도로 여행 갈래요

사랑을 해야지 심장을 구하자 기름 속에서
작약이 모란이 겹벚꽃이 흐드러지는데
늙은 조리사가 살짝 윙크를 한다
마음속 깊이 두 손을 담그면 별들이 튀고
너무 익으면 날 수도 있어 장대를 다오!
튀김기 속에서 새우들이 솟아오른다

## 왜 잠수교가 잠길 때 당신이 솟나요

움직이는 모든 것이 독자적이죠 이제부턴
파도도 기차도 동물(動物)이라고
방금 내 옆모습 훔쳐봤죠? 심장이 익죠?
그러니 강강수월래, 이것도 전부 사랑의 놀음
밀고 당기는 해변이 그저 사랑이라고

처음 빛이 있으라 했을 때 내가 봤던 건
빛을 등지고 달리는 못난 그림자
그건 사랑할 때 골목에 비친 내 귀뚜라미
늘 그런 식이죠 있으라 했는데 참지 못하고
꼭 없어지면 혼자 우는 지진한 발전소

미터기 속을 힘차게 달리는 말을 보면서
다리가 다 부러져야 태풍이 끝날까
내가 미쳤지 이 폭우에 택시를 잡다니
호랑이 등에 올라탄 채 강물을 밀며
사랑아 번쩍, 떡과 정신의 호피를 입고
왜 잠수교가 잠길 때 당신이 솟나요

나는 언덕 위의 인생 당신 집은 저지대
꼭 끼리끼리 눈 맞아서 같이 운다고
내 슬픔은 빙판 달빛 으깨진 노인들
당신 슬픔은 반지하의 젖은 솜이불

뭐해요 왜 가만히 앉아만 있어요
하수구가 넘치고 냄비가 뜨는 게 내 탓인가요

죽은 동물처럼 한 톨 미동도 없이
종아리가 차오르도록 가만히 선 채로
이럴 거면 왜 나한테 전화했냐고 그 순간 밤을 찢고 이무
기가 하늘을 건너
천둥소리에 놀란 나는 움직여버리고
꼭 그럴 때 바위 같은 입술을 열지
뭐라고? 강낭콩을, 날이 갤 때쯤?
뭐라고 열자고? 겨드랑이에 심고 걷자고?

심장은 동물 주먹도 동물 울대도 동물
가슴 북 태풍 촛불 지진도 동물
물렁물렁한 귓불도 목도 얼굴도 동굴
오늘은 꼭 대답해줘 나의 움직씨
쾌청하게 하늘이 걷히면 입술을 줄래

반지하가 차오르며 쥐들이 달리고
아이들은 신이 나서 양말을 던지고
나는 복사뼈를 깨트려서 나누어주리
새들이 물고 멀리까지 날 수 있도록
음악과 귀로 종달새로 껍질을 뚫고

— 　너희 집 앞에 치솟는 복숭아나무가 되리

—

## 연육

그것은 눈이 사라지는 순간의 평화와 같다

모래에 닿는 해변의 파도와 같다

사랑과 같다

크림과 같다

사람은 죽는다

그 사람 형상이 내 안에 남아서 아름다울 때

식초와 키위, 파인애플을 밥처럼 먹는다

목과 위가 언어처럼 위태롭도록

안에서부터 벽을 녹여 장화를 신도록

우리는 함께 사랑으로 시간을 뚫었다

모루가 녹아도 그 사실은 빛날 것이다

## 미더덕은 아름다움을 더 달라는 것처럼

젖은 것들의 물주머니를 보고 있으면
당신을 데려간 물혹이라든가
개구리라든가
젖이 늘어진 어미 개라든가
비릿한 어촌에 걸어둔 청어의 눈 속에
부푸는 하늘 안쪽의 짙푸름이라든가

미더덕은 아름다움을 더 달라는 것처럼
헐떡대면서 좀더 살아볼 것처럼
부푼 몸으로 누운 채 검은 양말을 벗고
벌써 끝이 났다고 장례가 참 헛헛하다고
우리에게는 시간이 좀더 필요하다고

나에게 삼년상을 허락해줬으면
조선시대의 물렁한 마음을 되돌려줬으면
그러면 홍시를 먹다가 씨앗을 물고
축축한 입속에 감나무 한 그루 불릴 수 있는데

당신이 심어둔 집 앞의 나무를 본다
당신이 묻힌 뒷산에 냉이가 번진다
더덕을 캔다 나무 방망이로 흰 다리를 찧는다 은행을 줍
고 전어를 굽고 오징어를 썰다가 눈이 올 땐 달을 보며 군
밤을 파먹는다

우리가 함께 입을 벌린 순간들
제철 음식을 한 번 되돌릴 시간을

미더덕은 아름다움을 터뜨릴 것처럼
한때의 바다를 손에 움켜쥔 채로
으드득 떨며 얇은 미닫이문을 열면
구겨진 요 위에
폭발하는 수평선
복수(腹水)를 안고 뒤뚱뒤뚱 걷는 사람들

도토리 속엔 도토리 줄기가 푸르게 자라고
미더덕 속엔 짙푸른 고래가 웅크려 있고
내 머릿속엔 수류탄 같은 기억의 다발이 있어서
다디단 행복이 입속을 뒤집어놓을 때
노란 침으로 베개가 흠뻑 젖었다
당신을 떠올리면 세상이 좋아서
나는 기어코 풍선을 터트려버렸다

## 페이스트리

매일 사랑하는 사람의 유골을 반죽에 섞고
언덕이 부풀 때까지 기다렸어요
물려받은 빵집이거든요
무르고 싶은 일들이 많아서
사람이 강물이죠 눈빛이 일렁이죠
사랑은 사람 속에서 흐르고 굴러야 사랑인 거죠

인연은 크루아상처럼 둥글게
만두 귀처럼
레슬링으로 뭉개진 시간의 살처럼
나는 배꼽 속에 손가락을 집어넣으며
저마다의 별무리 저마다의 회오리
저물녘이면 소용돌이치는 무궁화 속에
보고 싶다고 말하는 거예요

가장 아름답게 무너질 벽을 상상하는 것
페이스트리란
구멍의 맛을 가늠하는 것
우리는 겹겹의 공실에 개들을 둔 채
바스러지는 낙엽의 소리를 엿듣고
뭉개지는 버터의 몸집 위에서
우리 여름날의 눈부신 햇빛을 봐요

나는 안쪽에서 부푸는 사랑만 봐요
불쑥 떠오르는 얼굴에 전부를 걸어요
오븐을 열면 누렁개가 튀어나오고
빵은 언제나 틀 밖으로 넘치는 거니까
빵집 문을 활짝 열고 강가로 가요
당신의 개가 기쁨으로 앞서 달릴 때
해질녘은 허기조차 아름다워서
우리는 금빛으로 물든 눈에 손을 씻다가
흐르는 강물에서 기다란 바게트를 꺼내요

# 2부

굴을 밟고 사랑이 칸칸이 불 밝히도록

## 비누

　할머니, 오늘 우리 경단 만들자 햇빛에 잘 말린 요 위에 혼
자 누워서 젖은 입을 빈방처럼 벌리다 말고

# 한정식

장독 속에 팔을 깊이 집어넣은 채 엄마는 사라져버릴 것
같다 간장 속에 뭐가 있어 까마귀 같은 게 참방참방 검은 물
이 얼굴에 튀고 항아리가 어깨까지 삼키고 있는데 팔을 젓
다가 엄마는 깔깔 웃는다 왜 웃어? 뒤집힌 네 얼굴이 복어
같아서 지금 이 상황에 엄마는 웃음이 나와? 엄마는 어둠
속에 반쯤 묻힌 채 비스듬히 흐르는 황혼을 보고 나는 믿어
네가 잘 살 거라는 거, 간장을 빛나게 하는 건 무엇인지 매
일 백합을 사서 머리맡에 놓고 온다 향기를 마시고 뢴트겐
이 하얘지도록 이제 가봐 마른 입술을 들어올리며 엄마가
웃는다 앞니가 장독처럼 빛난다 내시경이 속을 환하게 뒤
집어놓는다

## 어제도 쌀떡이 걸려 있었다

　노르웨이 북쪽의 푸른꼬리나방은 광석을 뜯어먹으며 성
장하는데 산화구리철 때문에 날아간 궤적이 파랗게 반짝인
다고 그건 신이 우주를 만든 이야기 같다 은하가 저절로 펼
쳐졌다는 이야기 그래서 눕거나 책을 읽거나 이불을 덮을
때 우리의 정수리는 아득하게 펼쳐지는가 우리는 절반만 까
맣고 절반은 상처지 흰빛이 샌다 어제도 쌀떡이 걸려 있었
다 윗집 사람이 죽은 동생의 이름을 부르며 우리집 문고리
에 거는 것이다 쿵쿵 공영아파트에 산다는 것은 불빛 가운
데 구겨져 잠든 척하는 것 쿵쿵 오늘도 마음이 걸린다 문고
리가 하얗게 빛난다

　어둠은 어두운 마음을 알아서 어둠 속 어둑한 심장을 거
두고
　어둠은 어두운 시간을 날아서 절룩이는 다리로 흰 떡을
삼키네

　한 학자는 나방을 침묵의 귀족, 밤의 방패, 어둠의 담요라
고 명명하는데 그는 평생 나방을 관찰하고서 다음과 같이
말했다 보통 나방이 빛을 좋아해서 광원에 매달린다고 생각
하는데 실은 나방은 빛을 혐오합니다 그들은 우아하고 진중
할 뿐이죠 어둠의 입장에서는 빛이 밤의 구멍이고 그 요란
한 빛의 구덩이를 메우기 위해 그들은 온몸을 던집니다 충
분히 슬퍼할 시간을 위해 존재의 품위와 부드러운 꿈결을

위해 침묵을 위해 다친 마음과 벌어진 입을 위해 그들은 기
꺼이 저 먼 시간을 날아가 밤의 상처에 날개를 덮는 거지요

# 일혼

## 1.

그는 다한증 때문에 여름이면 흘러내린다 아이스크림처럼 부모는 늙어버렸다 골다공증에 걸린 엄마를 등에 업고서 병원 계단을 한 칸씩 올라가다가 그는 단번에 모든 것을 알아차린다 "엄마는 새가 되기로 작정했는가" 강보에 싸인 여자가 끄덕거리고 사방에서 땀이 풍풍 폭발한다 냇물처럼 번들번들 몸이 빛난다

## 2.

할머니는 평생 외할머니로 표기되었다 넷째 딸을 특히 미워했는데 딸은 시장에서 반찬을 팔다가 백발이 보이면 굵다란 멸치를 꺼내서 볶았다 덜 가난해 보여서, 멸치를 볶으면 은빛이 금빛으로 눌어붙으니 탈 때까지 옆에서 지켜보다가 말도 없이 집으로 가고는 했다 그러던 어느 날 다짜고짜 가게에 와서 오늘은 장사를 접고 밥을 사달라는 거야 이 양반이 미쳤나 울컥하다가 엄마 얼굴 보니까 허물어지데, 그렇게 둘은 최고급 한정식집에서 윤이 나는 그릇을 싹싹 비운다 "새에게 밥을 사준 건 십 년 만이었어" 귀신 들린 사람처럼 쓸어먹더니 고맙다는 말도 없이 집으로 갔어 그리고 다음날 할머니는 버스를 타고 고속도로 위에서 날개를 편다

## 3.

막내였던 아버지에게는 동생이 있다 이복(異腹)이란 새

로운 말이 걸어오는 것 *이복: 갑자기 복이 두 배가 되는 것,* ￣
본 *적 없는 동생의 눈부신 출현* 매 맞는 걸 뒤에서 숨어서
봤다 미군부대 앞에서 초콜릿을 나눠먹었다 그러던 어느 날
텅 빈 방에 오만 있어서 심장이 탈 때까지 골목을 달렸지 성
희야 성희야 돌림자 밖으로 소리를 지르며 내 동생 봤나요
땀을 대낮처럼 흘리며 입술이 작고 강물처럼 다리를 절어
요 나비를 찢고 깨어난 그는 일흔이다 아침인데 새들이 떠
들지 않는다

## 귀뚜라미

입추가 온다 머리를 풀고 바짓단을 내린다 가을 풀에 발목을 긁히면 곪을 수 있다 장례가 끝나고 한 주는 지나야 알수가 있다 집을 채우는 건 사람이 아니라 소리다 부엌이 캄캄하네 숟가락, 화분도 싸늘하네 밤이면 방에서 외국어 같은 게 들리고 일기장에는 귀뚤귀뚤이라고 쓴다 가족이 운다고 쓰는 대신에 베개 속에서 양갱 타는 냄새가 계속 난다고

문을 열다가 푹 찔리고 청소를 하다가
구멍난 양말을 줍다가 앉아버리고

식사를 하다가 입속에서 뭐가 씹힐 때 골라낸 실이 흰빛의 머리칼일 때 쑥 하고 소리가 딸려와 식탁에 오른다 입을 벌린 생선이 헐떡거린다 가시와 가시 사이에는 흰 살이 차 있지 사랑을 발라낸 아침의 식탁은 너무 환해서 모두의 눈앞이 말없이 알싸해질 때 지하주차장에서는 귀뚜라미가 종일 울었다 바깥은 낮인데 이곳은 자개농 안쪽 같아서 사람 냄새 요 냄새 반짇고리들 소파 밑에서 손톱 같은 게 나올 때마다 우리는 서로의 얼굴에서 눈을 돌렸다 닮은 사람들이 그렇게 조용해졌다

# 둘

아주 늙은 개와 나란히 걸어가는 뒷모습
어쩐지 걷는 게 불편해 보여
옳지 그렇게 천천히 괜찮으니까
올라가서 이렇게 기다리면 돼
어느 쪽이 아픈지 알지 못한 채
둘만 걸을 수 있도록
길이 칼이 되도록
귤을 밟고 사랑이 칸칸이 불 밝히도록
여섯 개의 발바닥이 흠뻑 젖도록

## 우리의 벌어진 이름은 울음에서 왔다


울음에서 왔다 우리의 벌어진 이름은
뻬약이라든가 야옹이라든가 은사시나무라든가
엄마— 하고 입 벌리는 무덤 앞이라든가
문자를 버리면 휘발유처럼 번지는 땀띠
엄마를 묻고 할매랑 떡을 씹는다

할매의 손에선 모든 게 기이해진다
꼭 쥐고
떨고
귀기울이면
조랭이떡이 손아귀에서 쏙쏙 나왔다
동양처럼 순하게 일그러지는 게
집안의 고요한 성정 같았다

그리고 나는 배탈을 앓으며 모든 걸 본다
브로콜리가 보리꼬리로 넘어오는 것
아일랜드가 애란(愛蘭)으로 수런대는 것
폴란드가 파란(波蘭)으로 물결치는 것
술렁술렁슬럼슬랭술과럼과릉(陵) 사랑과 난초, 파도와
어깨 그 사이에서
옛사람들은 어떻게 지도를 참아냈을까
어느 나라가 겨드랑이에서 간지러웠을까

림프선이 임파선(淋巴線)으로 파괴되면서
귀뚜라미가 울고 여름은 끝장났다고 귀뚤
뼈뚤 삽시간에 숨이 기울고
눈을 감으면 흉부에서 귓속말이 들리고
용감하게 살아 국도 데워서 먹고, 반들대는 곤충의 등을
보면서

동백유로 그 아이의 머리를 빗겼지
국숫발 같은 흑발을 차르륵 흘리며
걔는 늘 그렇게 혼자 차분했다
그래서 내가 걔 아픈 건 하나도 몰랐다
이것이 엄마가 소리처럼 흩어진 이유

## 소보로

그때 나는 골목에서 양팔만 벌려도
양파 밭을 넘어서 하늘로 떠올라버렸다

그때 나는 무결한 무릎의 탄성이었다
산비탈을 보면 리듬부터 솟았고

그때 나는 돌아다니는 환대였으므로
개와 풀과 가로등까지 쓰다듬었다

그때 나는 잔혹했다 동생과 새에게
그때 나는 학교에서 학대당했고
그때 나는 모른 채로 사랑을 해냈다
동생 손을 쥐면 함께 고귀해졌다

그때 나는 빵을 물면 밀밭을 보았고
그때 나는 소금을 핥고 동해로 퍼졌고
그때 나는 시를 읽고 미간이 뚫렸다
그때부터 존재할 수 있었다

그리고 가끔 그때의 네가 창을 흔든다
그때 살던 사람은 이제 흉부에 살고
그래서 가끔 양치를 하다 가슴을 쥔다
그럴 때 나는 사람을 넘어 존재가 된다

나는 이야기다 적설(積雪)이다 빵의 박자다
왜성(矮星)에 크림을 바르는 예쁜 너의 꿈이다
그렇게 너는 작은 빵가게를 차린다
무릎 안에 소보로가 부어오를 때

그때 나는 한입 가득 엄마를 깨문다
치매가 와도 매화는 핀다 그게 사랑
뚱뚱한 엄마가 너를 끌어안는다
그때 너는 이야기며 진실이다

# 북

허기진 눈은 똑바로 보는 게 아니다
허물어지는 눈빛은 방사능처럼
거북한 소리로 살갗을 둥둥 울려서
자신의 배를 발길질하는 몸의 슬픔
나눌 줄 모르는 인간의 목 긴 슬픔
수만 톤의 옥수수를 바다에 처박는 트럭의 뒷모습
건너편 대륙에선 실금처럼 죽어가는 아이들

이곳에선 묘하게 쓸쓸한 소리가 난다고
찢어질 때 아름다운 소리가 난다고
많은 사람이 단도를 들고 북 앞에 섰다
그러나 안에서 들리는 캄캄한 숨소리
둥둥
물먹은 소리를 듣는 태아들처럼
원자로 안쪽의 고요처럼
둥둥 심장처럼 죄수처럼 벽을 두드려
나 여기 있다고 기도하는
북 속 어둠은
나에게 묻는다 그때 넌 어디에 있었니
가슴속 탄광이 얼굴에 얼굴로 허물어질 때
구궁구궁 거대한 기차가 심장을 뭉개며 바닷속으로 국화
를 처박던 그때

우리라는 말은 찢어졌다
우리의 살은
소리 한번 제대로 내지 못하고
가죽만 남아 그대로
북이 된 사람들
슬픔이 쥐처럼 속을 파고들어서
주먹을 쥐고 가슴을 치며 쥐를 내쫓는 사람들
그렇게 아파트 외벽을 통으로 울릴 때 걸어둔 그림 속 바
닷물이 출렁거릴 때

창밖에는 얼굴이
북처럼

사람이
곧 찢어질 것처럼

모두 입을 벌렸다

유리창에
손바닥이 보였다

묵직하고 선득한 녹색 비를 맞으며
아이들이 겨드랑이 깊숙이 서로를 안았다

## 물수제비

칼 위에 서 있는 무당의 다리를 보며
내 온몸은 열렸고 콧속에 솔잎이 자랐다
내가 사랑하는 사람들은 아카시아처럼
소리를 지르는 할머니의 상체를 누르고
맑은 침을 흘리고 북이 울리고
북어의 입이 햇살에 찢기고
그날 이후로 동생은 옆으로 누워서 잔다
살얼음이 낀 강처럼 얇은 피부로
회를 뜰 땐 아주 낮게 날을 눕혀서
눈알을 꺼내듯 물결을 갈라야 한다고
중얼거리던 할머니가 깨끗해진다
입을 벌리고 시계를 보다가 올 때가 됐는데
그런데 너는
누군데 여기에 앉아 있냐고
매일 살점을 뜯어서 뚝뚝 간(肝)만해져서
강낭콩보다 마음과 세계가 작아져버려서
어쩌다 한 번 물살을 거슬러 엄청 울면서
모든 인자함을 되찾고 겨우 솟아나면서

# 여름 하면 두꺼비가 쏟아져내리지

　여름 하면 두꺼비지 초록을 열고 막대하게 전기를 돌려야
콩을 구울 수 있지 경칩 전에는 무릎에 고무가 가득 고이지
할머니는 주삿바늘을 은하에 꽂고 유주야 몸이 무겁다 자
꾸 쑤시다 할아버지가 밧줄을 당기나보다 유주였는지 우주
였는지는 불분명하다 여름에는 중력이 거꾸러져서, 실없이
웃다간 귀고리가 하늘로 떠올라 자석처럼 척, 달에 붙어버
리지 할머니 기압 때문에 그런 거야 그러니까 이 기분이 그
인간이다! 죽음을 향할 때 사람은 모두 인간을 닮는다 쭈글
쭈글한 아기의 얼굴이 되어 손녀 아들 케첩 손자도 섞어버
리지 너는 누구냐 분명 밭에 묻었었는데 그런데 올빼미와
부엉이 중에서 귀를 뜯은 게 뭐였지 아슬아슬 할머니는 외
줄을 타며 가끔 번쩍 되살아나서 묻고는 했다 지금이 몇 년
도냐? 42년 초여름이야 그 말을 듣고 순면처럼 웃다가 갔
다 그리고 소나기, 두꺼비만한 뚱뚱한 빗방울 상가에 켠 조
등이 귤처럼 향기로울 때 친척들이 멱살을 쥐고 마당을 뒹
군다 분명 장롱 속에 금두꺼비가 있었다니까 바로 그때 두
꺼비집을 힘차게 내린다 할머니 가! 사랑해사랑해 바로 지
금이야 뒤돌아보지 말고 그냥 믿고 달려가 관 틈으론 온갖
유채색이 보이지

## 지붕

혁명에 대한 상상력은 지붕으로부터
지붕은 살아가는 높이를 결정한다고
함께 젖고 마르며 색을 찾아 나서는
프라하는 핏기로 아름다웠다

우리의 봄 눈빛 음악 머리칼
소나기
소나기 같은 소문
막을 수 없는 것들이 지붕에 오르듯
기와 사이로 할머니들이 고개를 내밀고
이제는 혁명에 핏기를 뺄 겸 흔하게 사랑도 할 겸
단어 하나를 바꿔서 채도를 높이자 혁명을
민들레라 부르는 거다

프랑스 민들레 산업 민들레 4·19 민들레
민들레 둘레가 세차게 흔들리지만
떠오르는 지붕을 믿을 수 있으니 덜컥
빠진 이를 던지는 것만이 혁명은 아니다
틀니를 뽑아도 혁명 손잡아도 혁명 키스해도 혁명 떨리는
눈꺼풀도 미래도 민들레

의미를 씌우지 않고 잡지도 않으며
줄기마저 비우는 혁명의 형식

참 호쾌하지, 너희 할머니는 민들레했다
민들레하다가 저쪽 산을 넘었대
씨앗을 쥐고 얼음 강을 건넜단 말이다! 한 지붕 아래
아슬아슬 사랑을 키우는 슬하가 있다

저마다의 높이로 바람을 밟고
천장과 지붕을 시원하게 걷어차는 일
피고 번지는 꽃에 프라하에 서울에 가슴에
노란 것은 지금 우리의 삶을
하얀 것은 내년에 기억날 얼굴을
삼베를 입히고 지붕을 호– 불어주었다
향을 피우듯 까진 무릎을 불어주다가

내가 빨리 가야 너희가 편한데
그러면서 보자기는 꽉 묶어두는
꽃 피는 힘은 의외로 간단하지 않은가
지붕은 사랑이 떠나간 곳으로 말없이 무릎을 세워두는 일

## 엄마가 잘 때 할머니가 비쳐서 좋다

비 오는 날 거대한 나무들이 가지를 낮추는 부드러운 모
습이 좋다
콧등에서 갑자기 튀어오르는 빗방울의 탄성도 좋다
청개구리의 촉촉한 도약이 좋다
탄로(綻露)라는 한자에 뚫린 구멍이 좋다
물방울의 총성이 울리면 여름이 뛴다
나무가 흔들리고 열심히 앞으로 젖은 채 달리고
병원으로 향하는 좁은 언덕에 작은 꽃집이 희망처럼 있
는 게 좋다

모두가 평등하게 비를 맞는 모습이 좋다
장화를 신으면 청개구리의 리듬이 오는 게 좋다
아이의 무릎이 내 무릎 속에 있는 게 좋다
달리기 말고 힘차게 뛰어오르는
새싹의 미래가
내 안에 있는 게 좋다
물웅덩이를 보면 간지러운 발바닥이 좋다
튀어오르는 흙탕물에 개의치 않고 사랑에게 달려가는 정
강이가 좋다

베란다 바닥에 아무렇게나 펼쳐둔 금귤을 보는 게 좋다
귤 말고 금귤의 덩치가 좋다
금관악기에 매달리는 빛의 손자국이 좋다

약조보다는 약속을
가장 여린 손가락을
서로가 서로에게 거는 게 좋다
복숭아와 봉숭아 사이에서 피어오르는, 막을 수 없는 친
근감도 숨막히게 좋다
엄마가 잘 때 할머니가 비쳐서 좋다 떠난 사람이 캄캄하
게 보고 싶어서
가슴속의 복숭아를 반으로 가르는
과육의 슬픔도 과도도 향기도 모두가 좋다
유품을 만지는 걸 멈출 수 없다

이렇게 비가 오고 전화기가 잠잠해질 때
사랑이 으깨져 사랑의 맨살이 짓물러갈 때
내 속에는 사랑의 장대비가 맨살을 때리고 여름을 흔들고
저 높은 나무의 푸름을 두드려
거리에 천막에 장화에 새싹에 청개구리에
아무렇게나 금귤처럼 반짝이면서
함부로 칠해둔 당신의 낯빛이 좋았다
물러서는 사람의 얼굴은 아름다웠다
폐가 터지도록 달려서 봤던 마지막 얼굴이 내 남은 여름
을 후회로부터 지켜주었다

## 사랑을 줘야지 헛물을 켜야지

　가게문을 닫고 우선 엄마를 구하자 단골이고 매상이고 그
냥 다 버리자 엄마도 이젠 남의 밥 좀 그만 차리고 귀해져보
자 리듬을 엎자 금(金)을 마시자 손잡고 나랑 콩국수 가게로
달려나가자 과격하게 차를 몰자 소낙비 내리고 엄마는 자꾸
속이 시원하다며 창을 내리고 엄마 엄마 왜 자꾸 나는 반복
을 해댈까 엄마라는 솥과 번개 아름다운 갈증 엄마 엄마 왜
자꾸 웃어 바깥이 환한데 이 집은 대박, 콩이 진짜야 백사장
같아 면발이 아기 손가락처럼 말캉하더라 아주 낡은 콩국
숫집에 나란히 앉아서 엄마는 자꾸 돌아간 손가락을 만지작
거리고 오이고추는 섬덕섬덕하고 입안은 푸르고 나는 방금
떠난 시인의 구절을 훔쳤다 너무 사랑해서 반복하는 입술의
윤기, 얼음을 띄운 콩국수가 두 접시 나오고 우리는 일본인
처럼 고개를 박고 국수를 당긴다 후루룩후루룩 당장이라도
이륙할 것처럼 푸르륵 말들이 달리고 금빛 폭포가 치솟고
거꾸러지는 면발에 죽죽 흥이 오르고 고소한 콩물이 윗입술
을 흠뻑 스칠 때 엄마가 웃으며 앞니로 면발을 끊는다 나도
너처럼, 뭐라고? 나도, 나도 너처럼, 엄마랑 나란히 국수 말
아먹고 싶다 사랑을 줘야지 헛물을 켜야지 등불을 켜야지
예민하게 코끝을 국화에 처박고 싶어 다음 생엔 꽃집 같은
거 하고 싶다고 겁 없이 살 때 소나기 그칠 때 구름이 뚫릴
때 엄마랑 샛노란 빛의 입자를 후루룩 삼키며

# 3부

자다가 일어나 우는 내 안의 송아지를 사랑해

## 비인기 종목에 진심인 편

혹시 민트초코를 좋아하십니까 짙푸른
허브의 입술이 궁금하다면
파랗게 키스하자 젊은 혀들아
어금니에 박힌 초콜릿 조각을 함께 녹이며
우리는 우리의 청량(淸凉)을 완성합니다

가라테란 외로운 종목입니다 한국에선 더욱
고요합니다
거울을 보며 척추를 혼자 교정하면서
대쪽 같은 품새를 익혔다고요

결국 그는 동메달 결정전에서 떨어집니다
개운하다는 듯이 수건에 얼굴을 씻으며
코를 박고 혼자 오래 울었습니다
아무도 읽지 않는 세계가 존재하여서
그 빛에 기대 대나무가 솟았습니다

오이와 가지의 식감에 찬성합니다
근대문학의 종언에 반대합니다
통폐합된 학과를 계속 다닐 겁니다
혼잣말을 열심히 중얼거릴 때
언어가 휭휭, 손끝은 창백해지고
혹시 역기(力器)만큼 시도 무겁습니까

허벅지가 터지도록 페달을 밟았죠
혹한처럼 논문을 넘겼습니다
복근이 찢겨도 앞으로 미래로 스파이크를
극단(極端) 위에 선 채로 팔을 벌리면
팽팽하게 일어서는 근육의 무지개

아주 오랫동안 장미를 들여다보았죠
외롭고 춥고 스스로 찢고 홀로 빛나고
마루를 탕탕 울리며 우린 발바닥을 뒤집어
아, 시원하다 집과 논을 엎어버릴 때
그렇게 섬처럼, 점처럼, 꿈처럼
숨과 목처럼
단 하나를 향하여 끝을 살면서
꽃이 피든 안 피든 사랑하여서
우리는 우리의 허파에 진심입니다

## 송아지

이제부터 금빛 상상력이 시작될 것이다 어미 소의 뱃속에
서 시동이 걸린다 불속에서 군고구마를 꺼낸다 자주색 뿔을
손으로 감싸고 눈을 감으면 노랗게 열릴 벼락의 길이 보인
다 그렇게 함부로 태어난 송아지 너를 사랑해 갈팡질팡 못
일어서는 집안을 사랑해

방한복을 입히자 젖을 먹는다 방한복이라니 보일러라니
보청기라니 온갖 아름다운 발명품을 모아두고서 오래 살자
할머니, 볕 좀 쬐어봐 인절미를 썹어대는 강물을 보면서 저
게 저물녘이다 눈이 타면 집으로 와라 부처의 기본 컬러는
뱃살과 골드, 염주를 굴리며 할매는 윤회를 하고 귤을 까면
소들이 뿔을 맞대고 있고 이제 가자 할머니 저녁이 오네 목
을 감싸고 빙빙 도는 회전목마를 사랑해

보철 위로 흐르는 윤(潤)을 사랑해
빛에 홀려 이마를 짚는 손등을 사랑해
나방의 고요한 사랑을 조용히 응원해
자다가 일어나 우는 내 안의 송아지를 사랑해
상처 난 자리에 바르는 된장, 서늘함을 기억해 치덕치덕
〈황소〉*보다 거칠게 힘있게
솥귀에 솟은 엄지를, 짠지를 사랑해
논두렁을 달리면 스치는 이삭의 소리
이 없이도 삼키는 무른 과일들

그렇게 나는 망고 향기를 깨닫게 된다
인공관절을 굽히는 느린 속도로


방사선을 쬐는 옆모습을 사랑해
암막 사이로 파고드는 빛이 필요해
흑사병은 또 얼마나 캄캄했을지
마지막 용기로 가슴을 열고 암을 파낸다
송아지가 링거 줄을 핥고 있을 때
맥에서 금으로, 벼에서 짚으로, 모닥불 위로, 일렁일렁 땀
흘리는 사랑의 이마
　너무 어두우면 초를 켜고 금빛을 쬐자고
　온갖 육중한 마음에 살에 엿기름을 칠하고
　벼가 탄다 경전이, 사랑이 분다
　고삐를 당겨 조금 더 우리, 밝은 쪽으로
　어린이보호구역처럼 아름다운 곳으로




* 이중섭.

## 몸무게

어떤 선로에 서든 올 것 같았다
오른쪽 왼쪽을 안 본 적 없다

발에 진동을 느낀 적도 있다
더는 쓰지 않는 철로였는데

침목이 빛나고 발가락이 간지러웠다
오는 거 아닌가, 꼭 보게 만드는

그렇게 늘 오는 것이고 싶었다
풀을 밟고
오는
육중한 것이고 싶었다

그게 불안일지라도 비참해져도
이탈을 모른 채
너에게 정직한 땀을 뻘뻘 흘리며
네 턱에 닿는 눈빛만으로 여름이 열리고 있었다

# 바이킹

선장은 낡은 군복을 입고 담배를 문 채로 그냥 대충 타면 된다고 했다 두려운 게 없으면 함부로 대한다 망해가는 유원지는 이제 될 대로 되라고 배를 하늘 끝까지 밀어올렸다 모터 소리와 함께 턱이 산에 걸렸다 쏠린 피가 뒤통수로 터져나올 것 같았다 원래는 저기 저쪽 해 좀 보라고 여유 있는 척 좋아한다고 외치려 했는데 으어어억 하는 사이 귀가 펄럭거리고 너는 미역 같은 머리칼을 얼굴에 감은 채 하늘 위에 뻣뻣하게 걸려 있었다 우리는 서로에게 공포가 되었다 나는 침을 흘리며 쇠 봉을 잡고 울부짖었고 너는 초점 없는 눈으로 하늘을 보면서 무슨 대다라니경 같은 걸 외고 있었다 삐걱대는 뱃머리 양쪽에서 우리는 한 번도 서로를 부르지 않았다 내가 다가갈 때 너는 민들레처럼 머리칼을 펼치며 날아가버리고 네가 다가올 땐 등뒤에서 불어오는 바람을 즐겼다 뒷목을 핥는 손길에 눈을 감았다 교회 십자가가 네 귀에 걸려 찢어지고 있었다 네가 나를 똑바로 보고 있었다 그 순간 알았다 더는 바다가 두렵지 않다고 이 배는 오래됐고 안이 다 삭아버려서 더 타다가는 우리 정말 하늘로 간다고 날아가는 기러기의 등을 보면서 실눈 사이로 비집고 들어오는 너를 보면서 눈 밑에서 해가 타는 것을 느꼈다 벌어지는 입을 틀어막았다

## 그런 나라에서는 오렌지가 잘 익을 것이다

풍차를 소재로 시를 쓰는 시인들은 외국 생활을 오래했거나 망명했거나 그네를 탄 채로 노을을 보는 걸 좋아했거나 외로웠던 것으로 추측된다 말이 가난할 땐 흐린 날의 새가 된다 모든 말이 무릎 밑을 스친다 엎어질 듯 아슬하게 표현되는 몸 스친 자리에는 더러 양귀비가 핀다

어느 나라에서는 남의 말을 시라고 한다 누가 혼잣말로 추워,라고 말해도 온갖 비평가들이 담요를 들고 곁으로 다가와 모닥불을 피우고 귀를 기울여준다고 그런 나라에서는 오렌지가 잘 익을 것이다 해질녘은 이민자들로 넘쳐날 테고 온갖 종류의 빵냄새와 인사말이 섞이는 그런 아름답고 시끌벅적한 강변을 생각해

어느 나라에서는 외국어를 시라고 믿는다 그래서 사랑에 빠지면 외국인으로 간주한다 주민등록증을 수거하고 우선 재운다 소수 언어를 잊는 데는 잠이 보약이라고 가끔 치명적인 사랑에 빠진 이들은 외국어를 넘어 새소리를 내기도 하는데 문헌에 의하면 한반도에서는 유리라는 사람이 꾀꼬리의 언어를 구사했다고 한다

어느 독일인은 탈무드와 토라*에 평생을 바쳤다 그에게 왜 공부를 하느냐고 묻자 그는 웃으며 유리잔을 감싸쥐더니 미안해서요라고 답했다 창밖에는 느티나무가 햇살과 섞

였다 어느 일본인들은 매달 모여서 윤동주를 읽는다고, 어
느 한국인은 히로시마 피폭자의 피부를 보고 해줄 수 있는
게 없어서 울었다

　누가 울 때 그는 캄캄한 이국(異國)입니다
　누가 울 때 살은 벗겨집니다
　누가 울 때 그 사람은 꽃이 됩니다
　꽃다발을 가슴에 안아야겠지요

　어떤 기사는 풍차를 보고 돌진했다고 한다 그의 돌진을 솔
직이라고 한다 솔직한 눈 꼭 잡은 손 솔직히 말하면 첫눈을
핥고 당신과 강물에 속삭이는 거예요 어떤 이들은 그 풍경
을 소중히 여겨서 강가의 조약돌이며 반짝임까지도 모두 모
아서 도서관으로 보낸다

* 유대교에서 구전(口傳)되는 진리의 일종으로 율법, 가르침을 뜻
하는 말.

## 경주 사는 김대성은

왼쪽 가슴엔 불타는 대웅전이 비치고
오른쪽 무릎엔 쾰른 성당이 새겨져 있다
경주 사는 김대성*은 두 집을 살았다
가난한 전생의 노모를 만나기 위해
비단을 벗고 심장을 잡고 초가집으로 갔다고

너는 교포처럼 웃는구나 버터가 흘러
젓갈이 묻은 적 없는 얼굴이구나
그러나 마음은 미국산 김치처럼 힘없이 찢겨
하도 많은 사람이 눈 찢는 시늉을 해서
동해의 수평선을 보러 왔다고

내 안에 어떤 급류가 있는 줄 알아요
곰이 막 찢어발긴 연어의 색채
여름 감기에 자주 걸리고 혀가 녹아요
나는 왜 나여야 해요 왜 무궁화예요
왜 비가 오면 콧속에 흙길이 열려요

묻고 싶은 말 대신 연어를 삼키고
대성은 크리스마스에 불국사를 거닌다
천 년 동안 이렇게 서 있었다니
무엇을 잃고 까마득하게 기다렸을까요
돌아가면 팔목에 저 여자를 새길 거예요

빛나는 여자, 선 채로 눈감은 슬픈 저 여자

대성은 지장보살을 가리키면서 이곳의 공기를 깊숙이 들

이마셨다

* 일연, 『삼국유사』.

## 노랑

루드베키아라는 꽃에서 시작합니다
그것은 노란 꽃인데요
노랑은 독주를 넘길 때 목젖을 치는
모든 술들의 지느러미 색입니다

흔들어둔 샴페인을 누르는 엄지죠
지문 밑에서 전갈자리가 간질거려요
들리나요 개들이 흙길을 달리는 소리
우리는 밤하늘에 탄산수를 엎지른 채로
멀리 떨어진 별들의 재채기 소리를 들어요

사과를 깎거나 귀를 파거나 참깨를 뿌릴 때
재갈거리는 모든 소리에 노랑이 있어요
당신의 개가 샛노란 털을 두르고 있죠
노랑은 힘차고 당당합니다 절정을 내딛죠
오늘은 창밖으로 이불을 터는 날

귀와 귀를 붙잡고 황소를 타듯
입술을 깨물고 힘차게 이불을 털면
섬유의 파도 끝에서
모서리가 열리는
그 순간의 정점도 노랑입니다

그러니 나랑 꽃 보러 같이 갈래요
소리 없이 성냥을 켜는 법을 알아요
머리가 무거운 꽃이 허청, 휘청거릴 때
우리의 눈동자엔 혜성의 꼬리가 밝게 스치고
손끝으로 얼굴을 쓰다듬으며 나랑 같이
책 보러 강에 갈래요

콩나물처럼 머리를 밝히고 사랑을 말해요
불상처럼 차분하게 눈감은 채로
왼편으론 당신, 강물, 둔덕이 있고
오른편엔 감자 같은 내가 있지요
나는 그래요 그냥 있어요
곁은 그런 것
손 내밀면 확고한 형태로 있을 거예요
수천 년을 건너온 은행나무처럼

## 등

네가 모는 자전거 뒤에 비스듬히 앉아서
구두코를 스치는 유채꽃들을 보는 것
아름다운 수동성
옆으로 흐르는
작은 풀꽃과 톱니와 자갈의 강물

너는 뒤에 앉은 얼굴은 보지 못한 채
숨을 색색거리며 은빛 페달을 밟고
나는 너의 따스한 배에 손을 얹고서
왼편의 풍경 속으로 나아간 것인데

곧 청보리가 돌길에 번질 듯 타겠지
여름은 셔츠를 뚫고 땀을 영글어
우리는 가난해지겠지 너의 고운 척추 밑에선
설탕 밟는 소리가 나겠지

나는 너의 등에 귀를 대고서
일본식 소책자라도 읽는 것처럼
왼편의 풍경이 오른쪽 어깨로 넘어가는 걸
가만히 지켜만 보는 것인데

언젠가 집 앞의 배롱나무가 행주처럼 비틀려 꽃을 뱉을
것이다

마른 팔을 붙잡고 땅을 헤엄치리라
귀를 잃으리라 너는 숨을 색색거리고
나는 너를 뒤에서 끌어안으며 사랑한다 말하고 너는 메
말라가고

그래도 괜찮다 지금은 페달을 밟으며
나아가는 느낌 속에 우리가 있기에
발끝을 툭툭 스치는 유채꽃 머리
미지는 그렇게 조용히 몸을 두드리면서
다가오고 있었다
눈앞이 선한 등으로 가득했다

## 초록

이곳은 강물의 법칙이 흐르는 프랜차이즈
게처럼 걸으며 속을 들여다보는 곳
빵을 고르고 익숙한 어깨가 눈에 박힐 때
내 빵은 이미 가로로 열려 있었다

자칫하면 팔꿈치가 닿을 뻔했지
오븐을 데우고 매캐해져서 실눈을 뜨고
시간을 끌려고 베이컨을 두 장 쌓으며 그런데요
손님, 귀가 너무 빨게요
젖은 빵으로 눈과 얼굴을 가리고 싶은데

비가 올 땐 이렇게 나란히 선 채로
어깨가 젖는 줄도 모르고 걸었지
영화를 볼 때도 서로의 윤곽을 쓸어 담느라
같은 영화를 수십 번 봤지 빛만 닿았지
같은 강물에 발을 두 번 담글 것 같았지

그리고 이젠 야채 코너로 밀려나면서
생생하게 절여진 초록을 들여다보면서
내 생애 이렇게 피클에 골몰했던 적은 없었지
그러다 너도 피망만 보고 있었다는 걸
눈치채면 꼭 그렇다? 경적이 울리고

묵직한 열차가 심장 쪽으로 들이닥칠 때
얼굴을 멈추는 방법을 아냐고 물었다
나는 얽힌 노선을 풀면서
모른 척했다
네가 밥이라도 마음 편히 들 수 있도록
콧노래에 올라탄 척 문을 밀었다
그리 간편하지 않은 음식을 손에 쥔 채로

—　**사이 새**

—　계단을 세 칸씩 넘고 난간 위를 뛰어다닐래
펭창하는 다리 속의 석류가 될래
사과의 이름을 마음껏 흩뿌려야지
부사, 아오리, 홍옥, 국광, 능금, 스타킹
시큼한 차이로 심장을 나눠가질래

사과의 떨어질 권리―뭉개질 자유
고공농성을 하는 목소리, 귀청과 폭포수
오토바이를 한껏 기울여 슬쩍 스칠래
양파처럼 고요하고
흰 무릎으로
아슬아슬 땅을 치고 날아가는 새
복부를 급히 가르는 수술실 메스

펄펄 끓는 주전자에 입을 맞추고 싶었다
과도를 든 손목에 키스를 퍼붓고 싶었다
레몬을 갈라
흠집 속의 세계를 엿보며
너와 함께 눈부신 음을 핥고 싶었다

그렇게 우린 바늘을 들어 다래끼를 찌르네
줄줄 흐르는 눈앞의 금광을 보면서
사랑하는 곡괭이, 모든 갱의 정수리

한 점 힘에서 못자리와 유전은 열리고

지금 당장 콩팥을 꺼내겠다는
슬픔과 팥죽이 곤죽인 눈을 보면서
살아야 할 이유가 사과꽃으로
신장과 바통
사랑과 미래
수술실 앞에서
언젠가 머리 위의 심장을 꿰뚫었다는

## 보라

가장 뜨거웠던 사람들이 물고문을 당했다
보라는 차가운 빨강이다*
꽃다발은 청춘을 묶은 것 같아서
받는 족족 얼어붙은 강에 던지고
신발끈만 묶어도 부푸는 손목이 있다
어떤 편지는 빠르게 가야 한다는 이유로
새의 양쪽 다리를 묶어서 하늘로 보냈다

꽃이라 꽃, 물속에서 눈을 떠봤나
불타는 물거품이 뇌를 태울 때
뭉개진 콧속엔 라벤더 군락이 흐드러지고
사랑도 미래도 독재도 속옷도 투명해질 때
얼음이 언다 다리를 절며 슈퍼로 간다
평화로운 햇살이 뒷목에 내린다

젊은 연인이 손을 잡고 슈퍼를 지난다
고양이가 무당개구리를 삼키고 토한다
보랏빛 사체가 바닥에 뭉개져 있다
계속했다면 내장이 눈처럼 녹았을 것이다
계속해서 살이 솥처럼 끓어버렸고
계속했다 시리고 빛이 보고 싶었고
계속했다면 내일이 완전히 파괴됐을 것

그리고 내일은 순대를 들고 방문을 연다
부러진 상다리를 곱게 펼치며
식기 전에 들어요 김이 피어오르는
허파를 젓가락으로 집어올릴 때
물렁한 것에는 축축한 기억이 있어서
어깨, 동무, 콧물, 땀, 껌과 질경이
곤죽이 된 살 위에 겨울 햇빛이 닿을 때
허겁지겁 선지를 퍼먹던 청년은

* 바실리 칸딘스키, 『예술에서의 정신적인 것에 대하여』, 권영필 옮김, 열화당, 2019.

## 우리는 기온이 낮을수록 용감해진다

핀란드에서는 서로의 증기를 나누어 마시며
편백에 가까운 공동체를 상상한다고
예전에는 사우나에서 아이도 낳고
가까운 사람의 시신을 닦기도 했어
그런 옛날이야기와 타오르는 장작 소리에
겨울 언덕처럼 젖은 몸은 번들거리고

마주앉아 성실하게 땀 흘리는 것
잘 익은 감자를 가르면 별이 으깨져 있고
영양가란 이렇게 총명하구나!
더 견딜 수 없을 때 문을 박차고
얼음 호수 속으로 풍덩 뛰어든다
우리는 우리의 영혼을 증기로 쩐다 네 입김이 내 쪽으로
구부러지네? 그렇다면 썰매를 목줄을 풀자
눈보라가 치기 전에 입 맞추자고

스웨터가 발달한 나라에서는 깍지를 끼는 과정도 섬세하다
1. 나란히 걷는다 웃음을 누른다
2. 주머니 속의 순록을 살살 흔든다
3. 허벅지와 순면 사이의 보풀을 느낀다
4. 손톱 밑이 가렵도록 손을 데운 뒤
6. 눈 녹는 것처럼
∞. 손가락에 손가락을 섞는다

햇빛과 햇빛이 교차하듯이
측백이 편백으로 거듭나듯이
영하(零下)에도 북소리를 알아듣는 것
서로의 판막에 귀를 대고 눈을 감으면
살얼음 밑의 물고기들이 쿵쾅댄다고

가끔은 연인들이 벌거벗은 채
전나무 숲을 함부로 쏘다니다가
가지에 쌓인 눈을 퍽 맞기도 한다
그건 백설, 하면 설탕!처럼 뻔하고 달지만
매번의 눈폭탄은 환하고 시리고
그렇게 우리는 안개 속에서 땀을 섞는다
눈보라가 온 세상을 덮어버릴 때
우리는 어떻게 외로움에 맞서나
흰 뱀으로 엉킨 뇌를 하나씩 풀어서
설원을 가르며 누군가 여기로 오고 있다고

## 얼얼

어쩌다 매복이란 말이 사랑과 이빨에 붙었을까요
어디에 있다가 사랑니는 솟는 걸까요
싹이 나면 감자는 그때부턴 독
숨겨진 것들이 일어서서 일상을 흔들고
가지런한 이를 뒤에서 밀고 있대요
온 힘을 다해 기차를 밀면 탈선할까요

풀과 잡초와 민중이 계속 헷갈립니다
살구와 자두, 더덕과 도라지, 담배와 인삼공사
귀신, 유령, 헛것, 조상, 산오징어도, 저걸 왜 씹는 거야?
TV 속 청년이 메달을 씹을 때

사람들은 이파리를 꾹꾹 씹어서
아픈 사람의 동굴 앞에 두고 왔대요
그 모든 이파리는 썩어서 없어졌지만
한 노학자는 이것이 사랑의 형상이라며, 학회에서 팔을
물어뜯었다 해요
그는 정말로 광견병에 걸린 걸까요
아님 노견을 보내고 무지개를 그린 걸까요

아픈 동생을 낳고 엄마가 울고 있을 때
어린 내가 아기의 손가락을 씹었다 해요
작은 이로 말랑한 살을 깨물 때마다

담요 속에서 웃음소리가 시작됐다고
약초의 기원엔 겁 없는 사랑, 용기가 튀고
임박한 죽음, 식은땀과 한계가 흐르고
껌에 찍힌 울상 따윈 웃어넘기며
독초를 씹는 새파란 각오가 필요했다고

그렇게 얼얼한 입으로 강을 건너서
박하는 동양까지 닿게 되고요
입에서 입으로
풀로 너로 푸른 입술로
종기를 빨아 마당에 쌀뜨물을 뱉으면
간혹 열이 내리는 여름의 기적이 있기도 했다고

## 자유형

나아가는 방식에도 자유가 있다니
팔로 만든 아치에도 형식이 있다니
사람들은 어떻게 하트를 그리는 걸까
물을 밀며 물을 마시며 물과 싸우다
물배가 차서 수박처럼 동그래지고

무지개를 상상하며 팔을 뻗어요
강사님의 아름다운 설명 때문에
물속에서 입 벌리고 울 뻔했어요
이대로 팔과 다리에 살이 붙으면
죽은 개들을 다시 만나러 갈 것 같아서

님아 그 강 그 강 모두 강 때문이죠
번들거리는 몸도 마음도 강 때문이죠
수영을 시작한 건 귀하게
숨을 쉬고 싶어서
죽을 것처럼 보고플 때 빠지지 않고
숨을 색색 쉬며 용감하게 나아가려고

그러니 우선 자유부터 익혀야 해요
몸에 힘을 빼고
수박에 줄을 긋듯이
물속에선 마음껏 일그러져도 괜찮아

벼락의 길을 부드럽게 따라 흐르며
멍든 팔을 구명줄처럼 수면에 뻗을 때

내 무지개 속엔 개가 있고 엄마가 있고
언덕이 있고 복수(腹水)가 차고 무덤을 그리고
내 그리움 속엔 왕릉만한 비탈이 있어서
정수리 너머로 봉분을 힘껏 끌어안을 때
심장을 그리는 법을 알 것 같은데

나는 청어를 알아요 등 푸른 몸과 헛물을 안아요
물을 잔뜩 먹고 부푼 나는 하마가 되어
부드럽게 유영하는 할머니들을 봅니다
백자 같은 인간의
어깨와 곡선
아름다움은 다 겪고도 안아주는 것

어때요 기분좋은 저항이 느껴지나요
물레 감듯 모든 걸 안고 나아가세요
강사님은 아름다운 말만 툭툭 내뱉고
나는 그게 수박씨처럼 귀하고 예뻐서
눈귀코를 번쩍 뜬 채 팔을 뻗쳐요
그렇게 품을 알 때까지 수영은 계속되어요

발문

**미친 말들의 슬픈 속도**
박연준(시인)

## 1. 인사

축하합니다.
처음이군요.
힘이 세군요.

당신의 언어는 팽이처럼 저를 곤두선 채 돌고 싶게 만듭니다.

저는 당신에 대해 아는 게 없습니다. 저보다 먼저 당신의 시를 읽어온 김민정 시인으로부터 이런 말을 들은 게 전부네요. "시를 너무너무 사랑해. 절에서 자란 적이 있어. 종일 시를 쓰는데, 배가 부르면 시가 안 될까봐 하루에 한 끼 먹고 쓴대." 솔직히 저는 김민정 시인의 말을 다 믿을 수는 없었습니다. 그이는 언제나 좋아하는 것에 곱하기 열, 스물을 하는 사람이니까요. 진짜를 알아보는 정확한 눈을 가진 사람이지만, 사랑이 씌면 열과 불에 휩싸인 듯 애정이 지나친 양반이라 직접 살펴보겠다 생각했지요.
명재씨, 세상에 시를 잘 쓰는 사람이야 얼마든지 많지 않은가요? 절에서 자란 적이 있다는 이력에 귀가 조금 커졌고, 시를 위해 끼니를 거른다는 말엔 기가 질려 뒷걸음질치고 싶은 것도 사실이었습니다. 궁금했습니다. 도대체 당신은 어떤 시를 쓰는 사람일까.

시작하기 전 글의 음색을 어떤 톤으로 가져가면 좋을지 목을 가다듬는 시간을 오래 가졌습니다. 마이크를 들까, 광장으로 사람들을 불러모아 연설을 할까, 엿장수처럼 가락을 섞어 말해볼까, 그늘이 좋은 뒷마당에서 비질하며 능청을 섞어볼까 고민했습니다. 당신도 그런가 모르겠지만, 저는 글을 쓰기 전 글의 음색을 고르는 일에 시간을 들이거든요. 그렇게 열흘, 목만 가다듬다 결심을 했어요. 마침내. 명재씨와 대면하겠다고요.

본 적 없는 이의 눈을 바라보며(자린고비처럼 천장에 당신 얼굴을 걸어두고), 들은 적 없는 목소리를 상상하며 쓰는 사람이 쓰는 사람에게, 말을 걸어보겠다 결심했지요. 첫 시집의 문을 닫는 임무를 맡은 사람으로서 인사를 꾸벅 올리며 뒤로 물러나면 되지 싶었는데요. 음악이 끝나고 침묵이 시작되는 순간을 처음 목도한 사람처럼 끝난 음악을 향해 말을 걸고 싶다는 생각이 들었습니다.

내가 들은 음악은 무엇이었을까. 알 수 없는 이의 얼굴 이야기 같은 것.


## 2. 시에 꿰뚫린 사람

1부를 다 읽기도 전에 알았습니다.

당신은 시와 정통으로 눈 맞은 사람. 시에 꿰뚫린 사람.

원고를 다 읽고는 통탄했습니다. 요 몇 년 나는 시를 잘
못 쓰고 있었구나. 시를 말하느라 시를 잃어버린 시간이었
구나, 반성했습니다. 시를 쓰는 한 친구에게 당신의 시 몇
편을 보여주었습니다. 둘이 나란히 앉아 넋을 잃은 표정을
지었지요. 이런 거야. 시는 이런 거였어. 시는 피상이 아니
고 관념이 아니야. 시는 삶 가운데 있어. 무엇도 겁내지 않
고 언어를 옷처럼 밥처럼 사용하는 사람이 시인이지. 우리
는 특히 당신의 은유에 여러 번 나자빠졌는데요. 이 문장을
언급하지 않을 수 없겠습니다. 「수육」이란 시입니다. 도마
를 펼치고 김이 나는 고기를 조용히 쥔 엄마의 모습을 그리
며 "색을 다 뺀 무지개를 툭툭 썰어서"라고 쓴 대목 말입니
다. 썰기 전의 수육을 "색을 다 뺀 무지개"라고 하다니, 한
대 얻어맞은 기분이 들었습니다. 그 슬픈 고기, 슬픈 육신,
슬픈 죽음. 희멀건 살덩이로 전락한 돼지의 육신 조각에서
당신은 어떻게 색을 다 뺀 무지개를 떠올릴 수 있었나요?

여러 날 동안 시들을 반복해 읽으며 저는 가까운 이에게
이런 고백을 하기에 이릅니다.

"시집을 읽는 효용 있잖아. 그걸 알게 됐어. 바로 이런 거
였어. 뱃속에 고아원을 들인 것처럼 속이 휑하고 울렁이는
기분. 그런데 벅찬 기분. 너무 슬퍼서 좋은 기분. 내 속에 차
린 고아원을 돌보는 기분. 이게 시의 쓸모야. 그게 다야. 시
는 사람을 이렇게 만드는 거야. 시는 이렇게 쓰는 거였어.

기억이 났어."

저는 과장하고 있지 않습니다. 명재씨, 당신은 실로 오랜만에 제게 시의 효용과 시를 읽는 기쁨과 슬픔, 쓰는 자의 성심(聖心)을 기억나게 했습니다. 기억나게 했다는 건 제가 잊고 살았다는 말이기도 하죠. 기억을 잃은 줄도 모른 채 잘 살아왔던 거지요. 시를 너무 오래 써온 시인들, 시의 세련과 높음, 꼿꼿함, 철학, 밀도, 전위, 뾰족함, 새로움에 복무하느라 정작 '피가 도는 살아 있는 시'를 잊고 산 시인들이 있다면 당신의 첫 시집을 정독해보라고 권하고 싶습니다.

'좋은 시'는 언제나 절박함 속에서 태어납니다. 그건 틀림없어요. 시는 아무때나 태어나고 심지어 능숙한 손길에 의해 조탁, 가공, 직조가 가능하지만 '좋은 시'는 다릅니다. '좋은 시'는 절박함이란 산도(産道)를 경험합니다. 좁고 어둡고 축축한 길을 통과하며 절박함이 만들어낸 압력을 견디며 태어납니다. 가까스로. 위험을 뚫고. 쓰는 자도 태어나는 말도 밀어내고 밀리는 엄청난 힘을 겪어야 탄생할 수 있지요. 당신의 시는 세상의 비탈진 곳에서 태어나 이렇게 아름답군요.

이제 저는 당신을 안다고 말할 순 없지만 당신 안에 오래 고여 있다 넘쳐흐른 액체를, 액체의 춤을 본 적 있다고 말할 순 있겠네요.

### 3. 높은 것에 연결되어 있다는 느낌

당신은 2020년 조선일보 신춘문예 당선소감에 이런 문장을 썼습니다.

처음 이곳에서 선생님이 강의했던 날, 칠판에 쓰신 詩라는 글자가 제 이마를 뚫었어요. 창이 흔들렸죠. 속이 일렁거렸어요. 창밖은 봄이었는데, 선생님이 나긋나긋 시를 읽어주셨는데, 바로 그때 저는 '저 사람이 아니면 안 된다'라는 이상한 확신에 휩싸였어요. 시를 이야기할 곳도, 배울 곳도 없던 이곳에서 저에게는 선생님 단 한 사람이 이 세상의 모든 시였어요.

스승에게 감사를 전하는 이 문장은 읽자마자 심장을 뚫고 들어와 곧바로 몸에 안착했습니다. 마치 제 속에 살던 문장인 듯 제 피에 흡수되는 기분이었어요. 시가 몸에 잔뜩 고여 팽팽해진 자의 곤두섬, 세상을 향한 곤두섬을 저 또한 알고 있거든요. 시와의 첫 조우, 열병 같은 시기를 반드시 통과해야 하는 자의 운명! 큐피드 화살이 인간의 가슴팍을 '뚫고' 지나가는 시점 말입니다. 이 문장을 쓰는 도중 마음이 아팠습니다. 화살은 결국 '지나가고'만다는 것, 가슴이 뚫린 사람의 통증은 아랑곳하지 않고 결국 지나, 가버린다는 통찰 때문이지요. 물론 명재씨와는 상관없는 이야기일지도 모릅

니다. 화살이 박힌 채 심장 곁에서 맥을 같이 뛸지 누가 알
겠어요? 시의 화살에 영혼이 꿰인 당신이 어떤 상태인지 짐
작할 수 있는 시를 볼까요?

그때 나는 골목에서 양팔만 벌려도
양파 밭을 넘어서 하늘로 떠올라버렸다

그때 나는 무결한 무릎의 탄성이었다
산비탈을 보면 리듬부터 솟았고

그때 나는 돌아다니는 환대였으므로
개와 풀과 가로등까지 쓰다듬었다

그때 나는 잔혹했다 동생과 새에게
그때 나는 학교에서 학대당했고
그때 나는 모른 채로 사람을 해냈다
동생 손을 쥐면 함께 고귀해졌다

그때 나는 빵을 물면 밀밭을 보았고
그때 나는 소금을 핥고 동해로 퍼졌고
그때 나는 시를 읽고 미간이 뚫렸다
그때부터 존재할 수 있었다

그리고 가끔 그때의 네가 창을 흔든다
그때 살던 사람은 이제 흉부에 살고
그래서 가끔 양치를 하다 가슴을 쥔다
그럴 때 나는 사람을 넘어 존재가 된다

나는 이야기다 적설(積雪)이다 빵의 박자다
왜성(矮星)에 크림을 바르는 예쁜 너의 꿈이다
그렇게 너는 작은 빵가게를 차린다
무릎 안에 소보로가 부어오를 때

그때 나는 한입 가득 엄마를 깨문다
치매가 와도 매화는 핀다 그게 사랑
뚱뚱한 엄마가 너를 끌어안는다
그때 너는 이야기며 진실이다

—「소보로」전문

　이 시는 시가 언제 어떻게 왔는지 고백하는 네루다의 저
유명한 시 못지않게 아름답습니다. 멈추지 않고 맘껏 날아
오르는 새를 지켜보는 기분이 들어요. 하늘이 좁다는 듯 활
강! 시원하고 쩨쩨함이 없고 안팎으로 그득한 상태, 그러니
까 쓰는 자로서는 다 가진 상태지요.
　화자는 충만함으로 가득찬 "그때"를 거푸 소환하며 스스
로 어떤 상태에 놓였었는지 진술합니다. "그때 나는"을 반

복 사용하는 건 그다음에 오는 문장의 중요성 때문이지요. 다음에 오는 문장은 화자가 처한 상태인데, 시인이 시인으로 존재할 수 있는 짧은 순간이자 영원할 것 같은 기분을 담고 있습니다. 시인은 사는 내내 시인일 수 없지요. "그때"라는 일정 순간 동안 시인인 상태로 머물 수 있을 뿐입니다("그럴 때 나는 사람을 넘어 존재가 된다"). 그후 고통스럽게 일상으로 내던져지는 자가 시인이지요. "사람"이 "존재"로 탈바꿈하는 "그때"엔 빵을 문 아이가 밀밭을 보고, 소금을 맛본 아이가 바다로 흘러가고, 시를 읽는 아이의 미간이 뚫려버립니다. 미간이 뚫린다는 건 미래가, 운명이 바뀌어버린다는 의미지요. 한 아이가 기어코 시인이 되는 일입니다.

명재씨, 우리는 왜 시를 쓸까요? 왜 시를 읽지요? 오래전부터 저는 시를 읽고 쓰는 건 '기분'이나 '느낌'이 전부인 일이라고 생각했습니다.

"연의 아름다움은 바람도 얼레도 꿈수도 아니고 높은 것에 연결되어 있다는 느낌"(「청진」) 이 문장에서 '연'을 '시'로 치환해 읽어도 무방할 듯 보입니다. 시의 아름다움은 우리가 "높은 것에 연결되어 있다는 느낌"을 갖는 일인 거지요. 나무나 음악, 그림과 춤이 그렇듯이. 높은 것, 그게 뭘까요? 알 수 없죠. 얼레를 풀어 시가 바람을 타고 솟아오르도록 놓아주면서 우리 스스로 놓여나는 일. 어쩌면 시인의 평생이 연을 쥔 아이 같을까요? 높은 것에 내내 연결되어 있다는 느낌을 찾고 싶어서, 이 감정에 발이 묶여 평생 고개를 좌우로 빼고 시를, 시 비슷한 것을 찾는 사람이 시인일까요? 당신은 여러 편의 시에서 이 고양된 감정에 대해 말합니다. 그때마다 저는 당신이 계속 높은 것에 연결된 상태로구나 알아챘고요.

이상해 배꼽 주변이 자꾸 가렵고 고압선을 보면 힘껏 당기고 싶고 꿈속에선 늙은 범이 돌담을 넘다가 늘어진 젖이 쓸려서 차게 울어요 연인은 깊은 하늘로 녹아들었고 엄마는 말없이 듣고만 있고 통화감은 철새처럼 높이 떠올라 곡물처럼 끊기는 목소리, 내가 이곳에서 새 삶을 사는 동안 엄마는 암을 숨기고 식당 일을 했고 나는 밝은 새소리로 이곳의 풍경을 노래하면서 남반구의 하늘에 대해 말했다
　　　　　　　　　　　　　　　—「청진」 부분

내 안에 어떤 급류가 있는 줄 알아요
곰이 막 찢어발긴 연어의 색채
여름 감기에 자주 걸리고 혀가 녹아요
나는 왜 나여야 해요 왜 무궁화예요
왜 비가 오면 콧속에 흙길이 열려요
　　　　　　　　　　　　—「경주 사는 김대성은」 부분

고압선을 힘껏 당기고 싶고, 담을 넘는 범의 젖이 쓸려서

차게 우는 풍경. 곰이 막 찢어발긴 연어의 색채. 이 사태를
보세요. 시인의 내면 풍경이죠. 심상치 않아요. 상처의 싱싱
한 천연색, 붉음, 당신 속의 급류, 흘러내리고 거슬러오르는
물길이 당신 시의 통로입니다. "누가 울 때 그는 캄캄한 이
국(異國)입니다/ 누가 울 때 살은 벗겨집니다/ 누가 울 때
그 사람은 꽃이 됩니다/ 꽃다발을 가슴에 안아야겠지요"(「그
런 나라에서는 오렌지가 잘 익을 것이다」)라고 쓴 당신에
게 시는 타인이자 외국어이며 우는 사람입니다. 그러니 누
가 알아들을 수 없는 말, 신음, 울음소리를 낸다면 명재씨,
당신은 귀를 기울일 게 분명한 사람이지요. 저는 귀가 부스
러질 때까지 듣고 또 듣는 사람이 시인이 된다고 알아요. 우
는 이의 언어를 통역하고 새로운 외국어의 탄생을 기뻐하는
자가 시인이라 생각합니다.


## 4. 미친 말들의 슬픈 속도

사랑하는 사람의 부재 속에서 어떻게 살까, 하는 마음보
다 어떻게 죽을까, 하는 마음으로 기울어지는 걸 어떻게 하
나요. 곧 기울어질 태세를 갖추는 마음을요. 이런 생각에 골
몰할 때 저는 이 시를 반복해 읽으며 조금 울었습니다. 보
고 싶으나 볼 수 없는 사람을 가진 자에게 이 시를 반복해
읽기를 권합니다.

매일 사랑하는 사람의 유골을 반죽에 섞고
언덕이 부풀 때까지 기다렸어요
물려받은 빵집이거든요
무르고 싶은 일들이 많아서
사람이 강물이죠 눈빛이 일렁이죠
사랑은 사람 속에서 흐르고 굴러야 사랑인 거죠

인연은 크루아상처럼 둥글게
만두 귀처럼
레슬링으로 뭉개진 시간의 살처럼
나는 배꼽 속에 손가락을 집어넣으며
저마다의 별무리 저마다의 회오리
저물녘이면 소용돌이치는 무궁화 속에
보고 싶다고 말하는 거예요

가장 아름답게 무너질 벽을 상상하는 것
페이스트리란
구멍의 맛을 가늠하는 것
우리는 겹겹의 공실에 개들을 둔 채
바스러지는 낙엽의 소리를 엿듣고
뭉개지는 버터의 몸집 위에서
우리 여름날의 눈부신 햇빛을 봐요

나는 안쪽에서 부푸는 사랑만 봐요
불쑥 떠오르는 얼굴에 전부를 걸어요
오븐을 열면 누렁개가 튀어나오고
빵은 언제나 틀 밖으로 넘치는 거니까
빵집 문을 활짝 열고 강가로 가요
당신의 개가 기쁨으로 앞서 달릴 때
해질녘은 허기조차 아름다워서
우리는 금빛으로 물든 눈에 손을 씻다가
흐르는 강물에서 기다란 바게트를 꺼내요
                            ─「페이스트리」 전문


　얼굴을 다 사용하는 것. 말끔하게 썰어 삼키는 것. 사라진
얼굴을 내 속에서 다시 그리는 것. 매일 새로 얼굴을 해 입
고 그 사람이 되는 것. 사용하는 것. 사용하는 것. 저는 사랑
의 본질은 사랑하는 이의 얼굴을 사용하는 것에 있다고 생
각해왔습니다(여기에서 '사용'은 사전적 의미와 차이가 날
수 있습니다). "불쑥 떠오르는 얼굴에 전부를 걸어요"라는
문장을 유념해 읽은 까닭이에요. 당신은 사랑이 "사람 속
에서 흐르고 굴러야 사랑인 거"라고 썼지요. 저물녘 "무궁
화 속에/ 보고 싶다고 말하는 거"라고요. 이 시에서 저는 사
랑의 속성을 읽습니다. 안쪽에서 부푸는 누군가를 향한 사
랑, 틀을 넘치며 태어나는 형상, 저물녘 강가에 솟은 이상한

빵집, 강물에서 솟아나는 기다란 바게트를 봅니다. 당신은 이미지로 지금껏 본 적 없는 특별한 빵집을 만들어냈군요.

시에 필요한 요소를 생각해봅니다. 우선 가죽 같은 얼굴이 있으면 좋겠지요. 두드려도 사라지지 않고 둥둥 소리를 내는 북 같은 얼굴이요. 그리고 깨진 이마가 필요하죠. 시와 조우하던 날의 당신 이마, 놀라움으로 찢긴 땅, 그 틈에 무언가를 심을 수 있는 피 흘리는 땅이 필요할 거예요. 비 맞는 나무의 하염없음도 필요합니다. 움직일 수도 피할 수도 없는 나무가 한자리에서 비를 고스란히 맞는 일을 시에 데려와야 해요. 목소리의 만개, 자연스러운 언술도 필수입니다. 그것을 우리는 음악이라 부르지요. 음악이 없는 시와 있는 시는 지붕이 없는 집과 있는 집만큼 차이가 납니다. 저는 시를 읽을 때 제일 먼저 음악을 찾아요. 음악을 들을 수 없는 시는 꺼버립니다. 당신의 시에는 제가 시에서 찾는 요소들이 다 들어 있어요. 특히 음악이요. 어째서 당신의 모든 시에 음악이 흐르는가 생각해보았어요. 깨달았죠. 당신의 시에선 '미친 말들의 슬픈 속도'가 음악을 만들어내더군요. 말이 다음 말을, 그다음 말을 데려오는 속도를 생각해보세요. 그건 춤추는 속도와 비슷하죠. 멈추었다 다시 시작하는 움직임이 음악을 결정짓습니다. 시는 언제나 소리가 되고 싶어하는 장르입니다. 소리로 태어나길 기다리죠. 시는 소리니까요. 무대 위에 오르길 기다리는 '말소리'입니다. 형상 없이 귀로 충분한 시. 맞아요, 그게 시입니다.

그러니 나랑 꽃 보러 같이 갈래요
소리 없이 성냥을 켜는 법을 알아요
머리가 무거운 꽃이 허청, 휘청거릴 때
우리의 눈동자엔 혜성의 꼬리가 밝게 스치고
손끝으로 얼굴을 쓰다듬으며 나랑 같이
책 보러 강에 갈래요

—「노랑」 부분

이 대목에서 저는 일어설 뻔했습니다. 당신과 책 보러 강
에 가려고요. 시에서 음악은 개연성을 확보해줍니다. 앞과
뒤의 연결선이 되어주죠. 의미와 상관없이(의미를 넘어) 만
능통행권을 부여하죠. 그러니 말들이 얼마나 신이 나겠어
요? 생각 없이, 생각보다 먼저 앞지를 수 있는데! 저는 이
점이 운문의 특혜(?)라고 생각합니다. 음악으로 개연성을
확보해 비상, 월담, 비약이 허용된다는 점이요. 시를 쓰는
자는 음악을 사용해야 짜릿함을, 완전한 자유를 느낄 수 있
어요. 이때 언어는 잠시 해방됩니다. 독립이죠. 그렇지 않
나요?

모든 목줄이 훌라후프로 커다래지겠지
죽은 개들이 혀를 빼물고 냇물이 달리고
쫑긋쫑긋 산맥이 서서 목덜미 터지고 흙속에서 더덕이

다리를 뻗을 때
　　　네 어둠 속의 육상을 보고 있다
　　　짓무른 뒷목에 손을 얹은 채
　　　차가운 감자를 갈아서 눈처럼 바른다
　　　네 캄캄한 방문에 입을 맞춘다

　　　그리고 나는, 함부로 더 이상해져야지
　　　꽃술을 만지던 손끝으로
　　　배꼽을 파면서
　　　입이나 귀에서 백합이 마구 피면 좋겠다!
　　　　　　　　—「우리가 키스할 때 눈을 감는 건」부분

　이 엄청난 상상력을 좀 보세요. 월담하는 말들의 힘을요. 상상력은 리듬이고 속도며 음악입니다. 머뭇거림 없이 내지르는 사유의 달리기. 저는 당신이 마이클 조던인 줄 알았어요. 무릎의 탄성이 얼마나 뛰어난지, 상상력에 고무줄이라도 달린 줄 알았지 뭡니까. 상상력이 활달해 언어가 달려나오는 속도를 느낄 수 있는 시는 이 시 외에도 많았습니다. 언어가 튕겨져나올 때 생기는 탄성, 세상을 밀치고 태어나는 시의 '압력'까지 느낄 수 있었습니다. 상상력은 음악을 불러오고 음악은 모든 것을 살아 움직이게 합니다. 움직임의 속성은 사랑의 속성과 닮았고요. 명재씨, 그거 아나요? 당신은 사랑시를 정말 잘 써요. 그리고 음악의 고수죠. 가장 활달한 음악이 흐르는 사랑시를 볼까요?

움직이는 모든 것이 독자적이죠 이제부턴
파도도 기차도 동물(動物)이라고
방금 내 옆모습 훔쳐봤죠? 심장이 익죠?
그러니 강강수월래, 이것도 전부 사랑의 놀음
밀고 당기는 해변이 그저 사랑이라고

(……)

심장은 동물 주먹도 동물 울대도 동물
가슴 북 태풍 촛불 지진도 동물
물렁물렁한 귓불도 목도 얼굴도 동굴
오늘은 꼭 대답해줘 나의 움직씨
쾌청하게 하늘이 걷히면 입술을 줄래

반지하가 차오르며 쥐들이 달리고
아이들은 신이 나서 양말을 던지고
나는 복사뼈를 깨트려서 나누어주리
새들이 물고 멀리까지 날 수 있도록
음악과 귀로 종달새로 껍질을 뚫고
너희 집 앞에 치솟는 복숭아나무가 되리
　　　　　—「왜 잠수교가 잠길 때 당신이 솟나요」 부분

움직임은 사랑의 속성입니다. 사랑할 때 일어나는 마음의 스윙, 몸의 스윙, 인생 전반의 스윙을 생각해보세요. 당신은 그걸 "움직씨"라는 재미있는 말로 표현했습니다. 파도와 기차를 동물(움직이는 생물)로 명명했지요. 강강수월래도, 미터기 속 달리는 말도, 잠수교가 잠길 때 솟아나는 '당신'도 움직씨가 됩니다. 그러므로 심장, 주먹, 울대, 가슴, 북, 태풍, 촛불, 지진은 모두 '동물'로 호명되죠. 움직이는 건 모두 사랑이니까요. 생각해보세요. 식물도 사랑할 땐 잠시 동물이 되잖아요. 그렇지 않나요? 마지막 연에서 휘몰아치는 리듬, 최고조로 나아가는 언어의 행진을 보며 저는 "욕망이여 입을 열어라 그 속에서/ 사랑을 발견하겠다" 이렇게 시작하는 김수영의 「사랑의 변주곡」을 떠올리기도 했습니다. 그만큼 스케일이 크고 힘이 센 시라는 얘기입니다. 왜 아니겠어요? "복사뼈를 깨트려서 나누어"주는 사랑이라면, "음악과 귀로 종달새로 껍질을 뚫고/ 너희 집 앞에 치솟는 복숭아나무가" 되겠다고 선언하는 사랑이라면요.

당신의 시는 미친 말들의 슬픈 속도를 타고 태어나는 음악입니다. 사랑에 빠진 자 특유의 미친 탄성이, '움직씨'가 당신 시를 지휘해요. 날뛰며 도망가듯 태어나는 언어의 리듬에서 신명을 봅니다. 시원하고 자유로운 감각!

## 5. 그리움 속엔 왕릉만한 비탈이 있어

　학창시절, 수학 시간에 좋아하던 용어가 있어요. '기울기'라는 말이죠. 기울기 공식을 외우라는 둥, 직선과 접선의 기울기를 어쩌라는 둥 문제는 어렵기만 했는데요. 답은 모르겠고, 어떻게 풀어야 하나 생각은 않고, 그저 '기울기'라는 말에 기대 기울어지고 싶었던 일이 기억납니다. 기울기라니, 말이 곱지 않나요? 기울어진 각도를 생각하면 피사의 탑처럼 쓰러질 듯 팽팽하게 견디고 있는 기분이 들었거든요. 그러다 이 시를 만났습니다.

　　내 무지개 속엔 개가 있고 엄마가 있고
　　언덕이 있고 복수(腹水)가 차고 무덤을 그리고
　　내 그리움 속엔 왕릉만한 비탈이 있어서
　　정수리 너머로 봉분을 힘껏 끌어안을 때
　　심장을 그리는 법을 알 것 같은데

　　나는 청어를 알아요 등 푸른 몸과 헛물을 안아요
　　물을 잔뜩 먹고 부푼 나는 하마가 되어
　　부드럽게 유영하는 할머니들을 봅니다
　　백자 같은 인간의
　　어깨와 곡선
　　아름다움은 다 겪고도 안아주는 것

그리움을 "내 그리움 속엔 왕릉만한 비탈이 있어서"라고 표현하다니, 이런 시 앞에선 그저 반복해 놀랄 수밖에요. 달리 할일이 있나요? 놀라고 싶어 좋은 시를 찾아 헤매기도 하는 걸요. 맞아요. 왕릉만한 비탈이 딱 그리움의 기울기입니다. 왕릉엔 무엇이 들어 있나요? 삶과 죽음, 행운과 불행, 매장된 기억, 유구한 세월, 푸르게 덮인 식물의 몸피. 거대하고 완만한 경사를 타고 흘려보내야 할 감정들이 떠오릅니다. 미끄럼틀처럼 타고 내려가야 할 것들이요. 수영장엔 "다 겪고도 안아주는 것"을 아는 아름다운 할머니들이 있을 테고요. "무지개를 상상하며 팔을 뻗어요", 시처럼 설명해주는 수영 강사가 있을 테고요.

명재씨, 당신은 제가 상상한 세상의 모든 기울기 중 가장 슬픈 기울기(왕릉!)를 알려준 사람입니다. 특히나 2부의 마지막 시「사랑을 줘야지 헛물을 켜야지」를 읽고는 울지 않으려고 눈을 부릅떠야 했다는 걸 고백하고 싶군요. "사랑을 줘야지 헛물을 켜야지 등불을 켜야지"라는 문장 앞에서 결국 셋이 하나라는 생각이 들었지요. 사랑을 주는 일과 헛물을 켜는 일과 등불을 켜는 일이요. 그건 시를 쓰는 삶과도 닮아 있을까요?

"어둠의 입장에서는 빛이 밤의 구멍"이라는 놀라운 통찰

을 방에 들어온 반딧불이 바라보듯 봅니다. 눈이 환해지는
사유지요. 나방이 "기꺼이 저 먼 시간을 날아가 밤의 상처
에 날개를 덮는"(「어제도 쌀떡이 걸려 있었다」) 존재라고
쓴 당신을 생각합니다. 세상을 돌보듯 말을 돌보는 당신의
다정함을 생각합니다.

　시집 뒤에 도착한 독자들에게 이 편지가 다정한 뒷문이 되
어주면 좋겠네요.

　축하합니다.
　처음이군요.
　힘이 세군요.

　당신의 언어는 팽이처럼 저를 곤두선 채 돌고 싶게 만듭
니다.

**고명재** 2020년 조선일보 신춘문예로 등단했다.

문학동네시인선 184
**우리가 키스할 때 눈을 감는 건**
ⓒ 고명재 2022

1판 1쇄 2022년 12월 15일
1판 8쇄 2024년 5월 20일

지은이 | 고명재
책임편집 | 강윤정
편집 | 김민정 이희연
디자인 | 수류산방(樹流山房)
본문 디자인 | 이주영
저작권 | 박지영 형소진 최은진 서연주 오서영
마케팅 | 정민호 서지화 한민아 이민경 안남영 왕지경 정경주 김수인 김혜원
　　　　김하연 김예진
브랜딩 | 함유지 함근아 고보미 박민재 김희숙 박다솔 조다현 정승민 배진성
제작 | 강신은 김동욱 이순호
제작처 | 영신사

펴낸곳 | (주)문학동네
펴낸이 | 김소영
출판등록 | 1993년 10월 22일 제2003-000045호
주소 | 10881 경기도 파주시 회동길 210
전자우편 | editor@munhak.com
대표전화 | 031) 955-8888 팩스 | 031) 955-8855
문의전화 | 031) 955-2696(마케팅), 031) 955-2678(편집)
문학동네카페 | http://cafe.naver.com/mhdn
인스타그램 | @munhakdongne 트위터 | @munhakdongne
북클럽문학동네 | http://bookclubmunhak.com

ISBN 978-89-546-9007-2 03810

www.munhak.com
**문학동네**